**일러두기**

나라별 면적은 국토교통부(2021년) 자료를,
인구수는 통계청(2023년) 자료를 활용하여 작성되었습니다.

읽으면서 바로 써먹는
# 어린이 세계 여행

## 등장인물 소개

동그란 찹쌀떡 — 찹이
만두 — 두야
네모난 찹쌀떡 — 모네

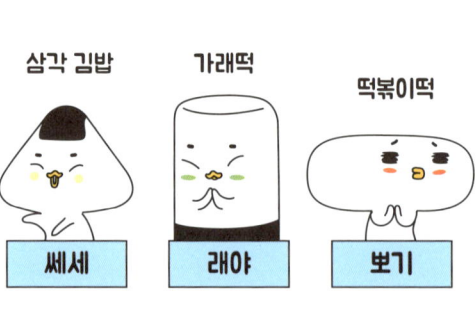

삼각 김밥 — 쎄쎄
가래떡 — 래야
떡볶이떡 — 뽀기

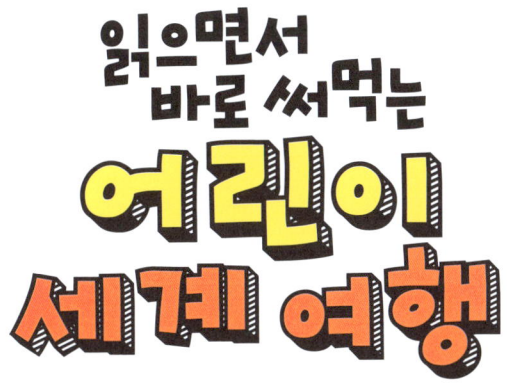

# 읽으면서 바로 써먹는 어린이 세계 여행

글·그림 한날

## 작가의 말

　방과 후 친구들과 간식 먹기, 자연을 즐기며 곤충 관찰하기, 내리는 눈을 맞으며 눈사람 만들기. 세상에는 마음을 설레게 하는 일들이 참 많습니다. 어린 시절 나의 마음을 설레게 하는 것 중 하나는 지구본을 들여다보는 것이었습니다. 지구본을 보고 있으면 마치 세상 모든 곳을 여행하는 기분이 들어 마음이 콩닥콩닥 설레었지요.

　프랑스 파리의 에펠탑, 미국 뉴욕의 자유의 여신상, 브라질의 삼바 축제와 같은 멋진 문화와 건축물들, 마다가스카르의 호랑꼬리여우원숭이와 바오바브나무, 짐바브웨의 빅토리아 폭포와 같은 아름다운 동식물과 자연을 상상할 때는 그 설렘이 더욱 커졌습니다. 신기한 것은 지구본을 한 바퀴 돌리는 데 걸리는 시간은 고작 1초 남짓이지만, 그 안에 담긴 수백 개의 나라들은 서로 다른 문화와 전통, 역사를 가지고 있다는 것이었습니다. 물론 지구의 수많은 나라들을 자세히 알려면 1초가 아니라 적어도 1년은 넘게 걸리겠지만, 지구본은 나에게 세계 여행이라는 미지의 세계를 향한 끝없는 상상을 하게 했습니다.

이번 《읽으면서 바로 써먹는 어린이 세계 여행》을 쓰고 그리면서 지구본을 바라보며 느꼈던 어린 시절의 그 설렘을 우리 친구들도 느꼈으면 하는 바람을 담았습니다. 찹이 패밀리와 함께 세계 곳곳을 누비며 그 나라에 있는 아름다운 자연과 건축물, 문화를 알아보고 세계 많은 나라에 대한 궁금증과 매력을 느껴 보세요.

자, 그럼 즐겁고 설레는 세계 여행을 시작해 볼게요. 출발!!

한날

# 차례

## 아시아 Asia

- 001 네팔 ⋯ 12
- 002 대한민국 ⋯ 14
- 003 레바논 ⋯ 16
- 004 말레이시아 ⋯ 18
- 005 몽골 ⋯ 20
- 006 미얀마 ⋯ 22
- 007 방글라데시 ⋯ 24
- 008 베트남 ⋯ 26
- 009 사우디아라비아 ⋯ 28
- 010 스리랑카 ⋯ 30
- 011 시리아 ⋯ 32
- 012 싱가포르 ⋯ 34
- 013 아랍에미리트 ⋯ 36
- 014 예멘 ⋯ 38
- 015 우즈베키스탄 ⋯ 40
- 016 이라크 ⋯ 42
- 017 이란 ⋯ 44
- 018 이스라엘 ⋯ 46
- 019 인도 ⋯ 48
- 020 인도네시아 ⋯ 50

### BOARDING PASS

- 021 일본 ⋯ 52
- 022 중국 ⋯ 54
- 023 카자흐스탄 ⋯ 56
- 024 카타르 ⋯ 58
- 025 캄보디아 ⋯ 60
- 026 쿠웨이트 ⋯ 62
- 027 태국 ⋯ 64
- 028 튀르키예 ⋯ 66
- 029 파키스탄 ⋯ 68
- 030 필리핀 ⋯ 70

## 아메리카 America

- 031 과테말라 ⋯ 74
- 032 멕시코 ⋯ 76
- 033 미국 ⋯ 78
- 034 베네수엘라 ⋯ 80
- 035 볼리비아 ⋯ 82
- 036 브라질 ⋯ 84
- 037 아르헨티나 ⋯ 86
- 038 에콰도르 ⋯ 88
- 039 엘살바도르 ⋯ 90
- 040 우루과이 ⋯ 92
- 041 자메이카 ⋯ 94
- 042 칠레 ⋯ 96

### BOARDING PASS

- 043 캐나다 ⋯ 98
- 044 콜롬비아 ⋯ 100
- 045 쿠바 ⋯ 102
- 046 파라과이 ⋯ 104
- 047 페루 ⋯ 106

## 아프리카 Africa

- 048 가나 → 110
- 049 나이지리아 → 112
- 050 남수단 → 114
- 051 남아프리카 공화국 → 116
- 052 마다가스카르 → 118
- 053 모로코 → 120
- 054 세네갈 → 122
- 055 소말리아 → 124
- 056 수단 → 126
- 057 알제리 → 128
- 058 에티오피아 → 130
- 059 우간다 → 132
- 060 이집트 → 134
- 061 중앙아프리카 공화국 → 136
- 062 짐바브웨 → 138
- 063 카메룬 → 140
- 064 케냐 → 142
- 065 콩고 공화국 → 144
- 066 탄자니아 → 146

## 오세아니아 Oceania

- 067 뉴질랜드 → 150
- 068 솔로몬 제도 → 152
- 069 오스트레일리아 → 154
- 070 통가 → 156
- 071 파푸아 뉴기니 → 158
- 072 피지 → 160

## 유럽 Europe

- 073 그리스 → 164
- 074 네덜란드 → 166
- 075 노르웨이 → 168
- 076 덴마크 → 170
- 077 독일 → 172
- 078 러시아 → 174
- 079 루마니아 → 176
- 080 모나코 → 178
- 081 벨기에 → 180
- 082 불가리아 → 182
- 083 스웨덴 → 184
- 084 스위스 → 186
- 085 스페인 → 188
- 086 슬로바키아 → 190
- 087 슬로베니아 → 192
- 088 아이슬란드 → 194
- 089 아일랜드 → 196
- 090 영국 → 198
- 091 오스트리아 → 200
- 092 우크라이나 → 202
- 093 이탈리아 → 204
- 094 체코 → 206
- 095 크로아티아 → 208
- 096 포르투갈 → 210
- 097 폴란드 → 212
- 098 프랑스 → 214
- 099 핀란드 → 216
- 100 헝가리 → 218

# 아시아
### Asia

# 네팔
## Nepal

- **수도** 카트만두
- **면적** 1,471만 8,000ha
- **인구** 3,089만 6,590명
- **언어** 네팔어
- **화폐** 네팔 루피

아시아

카트만두

왔노라! 밟았노라!

우린 정말 대단해. 세계에서 가장 높은 산에 오르다니!

이곳은 에베레스트산 정상!

해발 8,848m!

네팔의 북부 산악 지대엔 정말 높은 산들이 많은 것 같아.

당연하지. 여긴 '세계의 지붕'인 히말라야산맥이 지나가는 길이거든.

히말라야산맥에는 해발 8,000m가 넘는 산들이 14개나 된다고.

# 대한민국
## Republic of Korea

- **수도** 서울
- **면적** 1,004만 3,184ha
- **인구** 5,155만 8,034명
- **언어** 한국어
- **화폐** 대한민국 원

두야야, 광화문이야!

조선의 첫 궁궐인 경복궁의 정문이지.

역시 너도 아는구나! 이곳 경복궁에선 정말 많은 사건이 일어났었지.

그래서 대한민국 역사와 문화의 상징이기도 해.

앗! 저 앞에 한글을 만든 세종대왕 동상도 있어.

히히~, 난 우리 한글이 정말 자랑스러워.

인류가 사용하는 문자 중 창제자와 창제 연도를 알 수 있는 문자는 한글이 거의 유일하거든.

# 레바논
## Lebanon

- 수도 베이루트
- 면적 104만 5,000ha
- 인구 535만 3,930명
- 언어 아랍어, 프랑스어
- 화폐 레바논 파운드

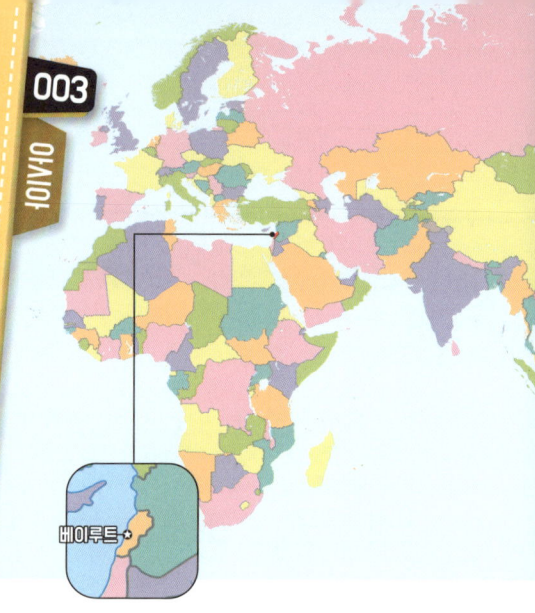

"이것이 바로 지중해 날씨로군."

"신기하지! 겨울인데 하나도 춥질 않아."

"지중해 하면 유럽만 떠올렸는데, 중동에도 지중해를 품은 나라들이 있었구나."

"지도에서 보는 것처럼 레바논의 서쪽이 지중해와 길게 연결되어 있어."

"이곳 지중해 연안에서 가장 큰 베이루트항은 유럽과 중동을 연결하는 길목이기도 해."

"레바논은 크기는 작은데, 아주 중요한 위치에 있었구나."

"베이루트는 레바논의 수도이기도 하지."

# 말레이시아
## Malaysia

- **수도** 쿠알라룸푸르
- **면적** 3,304만 1,100ha
- **인구** 3,430만 8,525명
- **언어** 말레이어
- **화폐** 말레이시아 링깃

# 몽골
## Mongolia

- 수도  울란바토르
- 면적  1억 5,641만 1,600ha
- 인구  344만 7,157명
- 언어  몽골어
- 화폐  몽골 투그릭

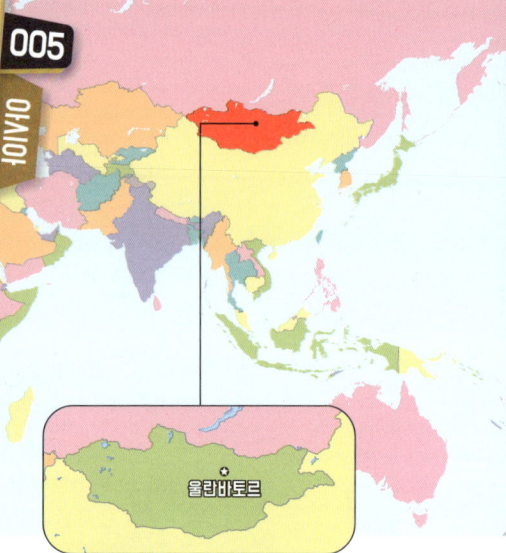

005 아시아
울란바토르

우아~, 초원이 끝없이 펼쳐져 있어.

당연하지. 여긴 몽골이잖아.

몽골은 남쪽으로 고비 사막이, 동쪽으로는 엄청 넓은 초원이 펼쳐져 있지.

그래서 옛날부터 몽골족은 이동식 천막집을 짓고 유목민 생활을 할 수 있었어.

앗! 몽골 제국의 1대 왕, 칭기즈 칸도 이 초원을 누비며 역사상 가장 큰 제국을 건설했겠지?

맞아. 저기 천막 보이지?

# 미얀마

**Republic of the Union of Myanmar**

- 수도 네피도
- 면적 6,765만 9,000ha
- 인구 5,457만 7,997명
- 언어 미얀마어
- 화폐 미얀마 짜트

# 방글라데시
## Bangladesh

- 수도 다카
- 면적 1,475만 7,000ha
- 인구 1억 7,295만 4,319명
- 언어 벵골어
- 화폐 방글라데시 타카

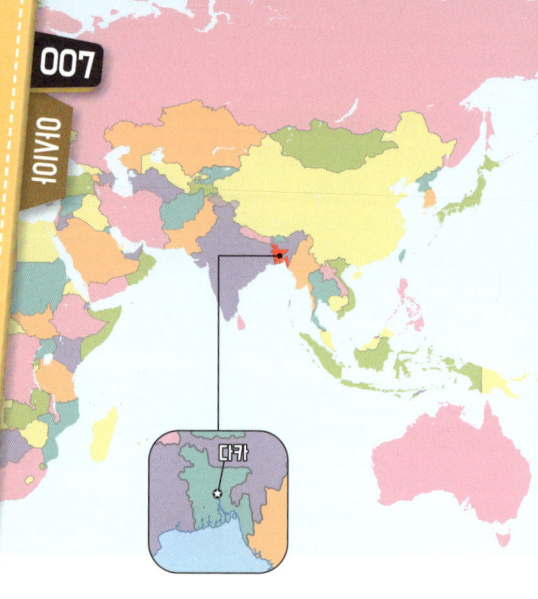

# 베트남
## Vietnam

- **수도** 하노이
- **면적** 3,313만 4,000ha
- **인구** 9,885만 8,950명
- **언어** 베트남어
- **화폐** 베트남 동

헉헉! 드디어 나왔구나.

길어도 너무 길었어.

선도옹 동굴이 세계에서 가장 큰 천연 동굴이라더니. 그 말이 맞는 것 같아.

맞아. 이 동굴은 길이 9km, 높이 200m나 된다고.

그런데 이렇게 큰 동굴이 발견된 게 1991년이래.

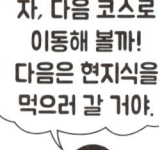

정말? 이렇게 큰 동굴이 어떻게 그때까지 발견되지 않았을까? 정말 신기하다.

자, 다음 코스로 이동해 볼까! 다음은 현지식을 먹으러 갈 거야.

베트남 음식?

# 사우디아라비아
## Saudi Arabia

009

- **수도** 리야드
- **면적** 2억 1,496만 9,000ha
- **인구** 3,694만 7,025명
- **언어** 아랍어
- **화폐** 사우디아라비아 리얄

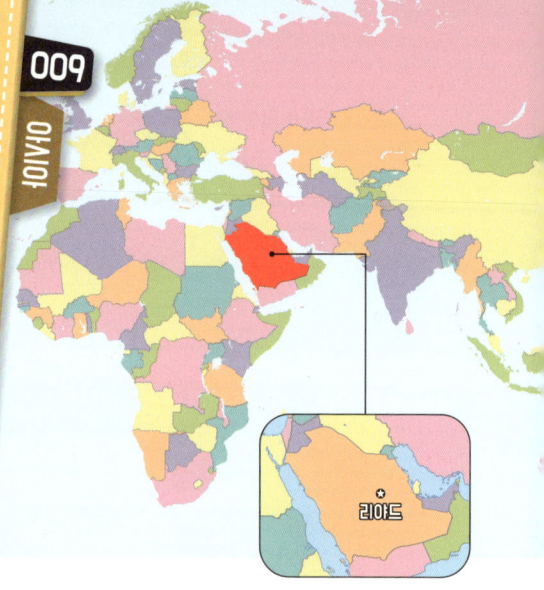

리야드

# 스리랑카
## Sri Lanka

- 수도 콜롬보
- 면적 656만 1,000ha
- 인구 2,189만 3,579명
- 언어 신할리어, 타밀어, 영어
- 화폐 스리랑카 루피

콜롬보

노을이 정말 아름답다. 향긋한 차까지 있으니 더 좋네.

모네야, 그건 무슨 차야?

아, 이건 실론티야.

실론티? 어디서 들어봤는데. 실론티가 뭐였지?

너, 스리랑카의 옛 이름이 뭔지 알아?

원래 다른 이름으로 불리다가 1972년에 '찬란하게 빛나는 섬'이란 의미인 스리랑카로 변경됐지.

# 시리아
## Syria

- 수도 다마스쿠스
- 면적 1,851만 8,000ha
- 인구 2,322만 7,014명
- 언어 아랍어
- 화폐 시리아 파운드

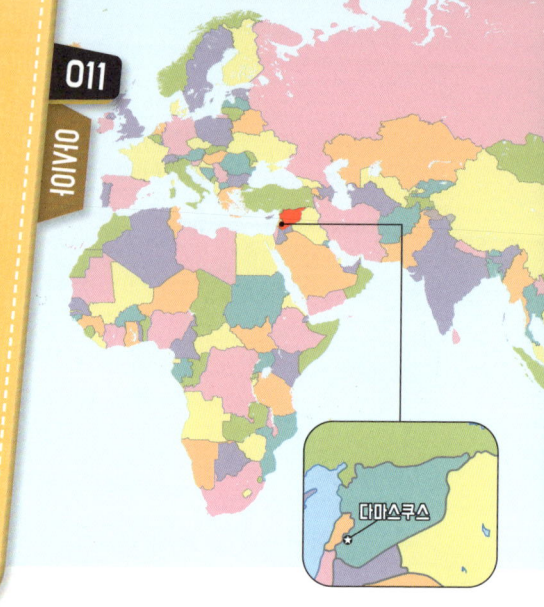

저기가 바로 시리아에 있는 기사의 성채와 살라딘 요새야.

우아, 엄청 높은 언덕에 있구나!

그럴 수밖에. 여긴 십자군 전쟁 때 방어 목적으로 세워진 건축물이거든.

기사의 성채는 현존하는 십자군 성 중 가장 완벽하게 보존되어 있고.

살라딘 요새는 파괴된 곳도 있지만 중세 군사 요새의 모델이 될 만한 역사적 가치를 지녔지.

그래서 이 건축물들이 중요한 이유야.

# 싱가포르
**Singapore**

- **수도** 싱가포르
- **면적** 7만 2,800ha
- **인구** 601만 4,723명
- **언어** 말레이어, 중국어, 영어, 타밀어
- **화폐** 싱가포르 달러

> 싱가포르는 도시 국가로 서울과 크기가 비슷한 작은 섬나라야.

> 와~, 저 호텔 좀 봐. 정말 멋지지? 우리나라 건설사가 지었대.

> 정말? 싱가포르의 랜드마크를 우리가 지었다니 왠지 대단한걸.

> 그건 몰랐어.

> 하지만 작다고 얕보면 안 돼!

> 이곳엔 다양한 인종과 문화가 공존하지.

# 아랍에미리트
## United Arab Emirates

- 수도: 아부다비
- 면적: 986만 4,790ha
- 인구: 951만 6,871명
- 언어: 아랍어
- 화폐: 아랍에미리트 디르함

# 예멘
## Yemen

- 수도 사나
- 면적 5,279만 7,000ha
- 인구 3,444만 9,825명
- 언어 아랍어
- 화폐 예멘 리알

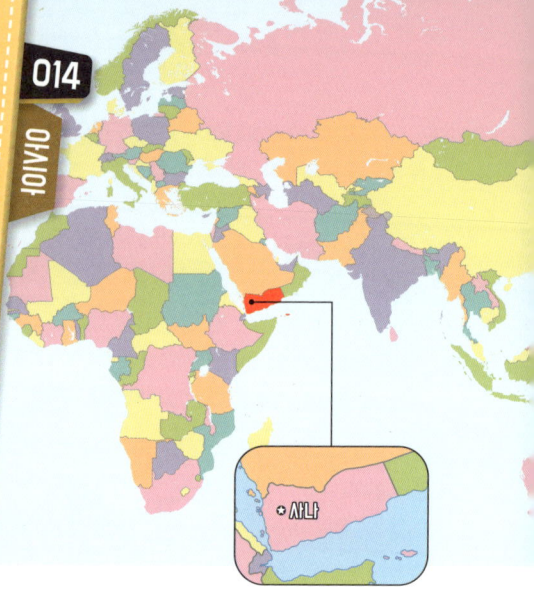

# 우즈베키스탄
## Uzbekistan

- 수도 타슈켄트
- 면적 4,489만 2,400ha
- 인구 3,516만 3,944명
- 언어 우즈베크어, 러시아어
- 화폐 우즈베키스탄 숨

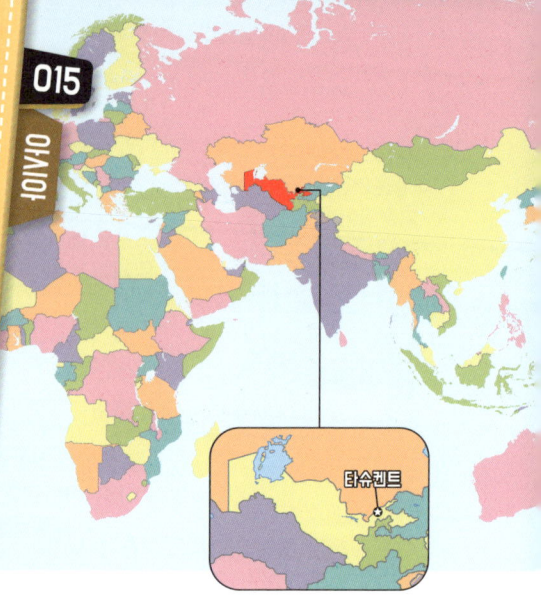

# 이라크
Iraq

- 수도 바그다드
- 면적 4,350만 5,000ha
- 인구 4,550만 4,560명
- 언어 아랍어
- 화폐 이라크 디나르

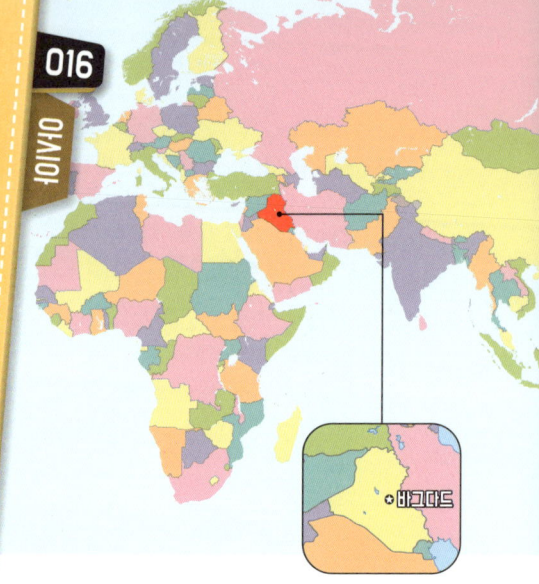

# 이란
## Iran

- **수도** 테헤란
- **면적** 1억 7,451만 5,000ha
- **인구** 8,917만 2,767명
- **언어** 페르시아어
- **화폐** 이란 리얄

017 아시아

+테헤란

- 분명 이 근처라고 했는데….
- 찹이야, 뭘 찾는 거야?
- 난 수도 테헤란에 가고 싶었는데, 왜 이런 곳에 온 거야?
- 앗! 알겠다!! 찹이야, 저거지?

- 높이는 약 5,610m로 아시아에서 가장 높은 화산이야.
- 어, 저건 다마반드산이잖아.
- 우아~, 백두산 높이의 두 배나 되네.
- 저 화산을 찍으려고 이란에 온 거였군.

# 이스라엘
## Israel

- **수도** 예루살렘 헌법
  텔아비브 국제법
- **면적** 220만 7,000ha
- **인구** 917만 4,520명
- **언어** 헤브라이어, 아랍어
- **화폐** 이스라엘 신 셰켈

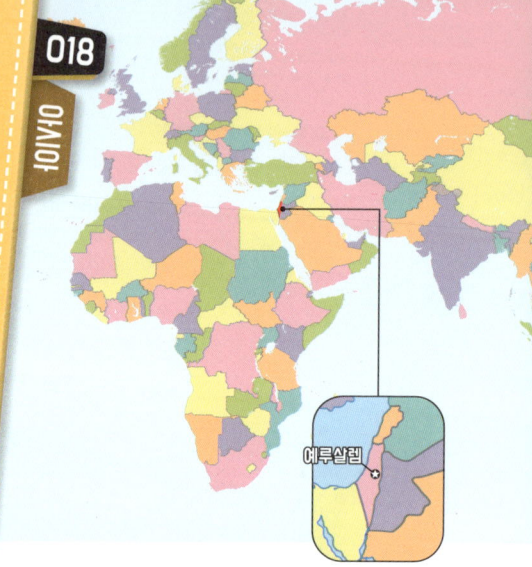

예루살렘

애들아, 길이 막힌 것 같은데?

오잉?

저건 길이 막힌 게 아니야.

이곳은 유대교의 성지인 '통곡의 벽'이야.

통곡의 벽?

여긴 솔로몬 왕이 지은 유대교 성전이었어. 전쟁으로 이곳이 파괴되자, 유대인들이 재건을 기원하며 이곳에서 통곡을 했대.

아! 이스라엘 인구 중 70% 이상이 유대인이지.

맞아. 그런데 신기한 게 뭔지 알아?

# 인도
## India

- **수도** 뉴델리
- **면적** 3억 2,872만 6,000ha
- **인구** 14억 2,862만 7,663명
- **언어** 힌디어, 영어
- **화폐** 인도 루피

**019 아시아**

뉴델리

---

와, 저기 사람들 좀 봐.

많은 사람이 강에서 몸을 씻고 있잖아?

아, 그렇다면 여긴 갠지스강이겠군.

아! 나도 뉴스에서 봤어.

힌두교도들이 가장 신성하게 여기는 곳이잖아.

맞아. 갠지스강에서 목욕을 하면 죄도 씻을 수 있고, 죽은 사람은 좋은 곳으로 간다고 믿고 있지.

그뿐 아니라 갠지스강은 사람들의 생활 터전으로 빨래도 하고, 수영도 하는 곳이야.

수질 오염이 심각하다던데, 그래도 될까?

깜짝

# 인도네시아
## Indonesia

- **수도** 자카르타
- **면적** 1억 9,169만 677ha
- **인구** 2억 7,753만 4,122명
- **언어** 인도네시아어
- **화폐** 인도네시아 루피아

인도네시아는 17,508개의 크고 작은 섬으로 이루어진 세계 최대 규모의 섬나라야.

헉! 17,508개!! 섬을 세다가 밤새우겠다.

면적이 넓은 만큼 인구수도 많아서 인도, 중국, 미국에 이어서 세계 4위를 차지하고 있지.

여기도 섬이고, 저기도 섬이고. 도대체 섬이 몇 개나 되는 거야?

인도네시아가 이렇게 큰 나라인 줄 몰랐어.

그런데 왜 이름 앞에 다른 나라 이름인 '인도'가 붙었을까?

멈칫

오해하고 있었구나. 인도는 인더스강에서 유래한 이름이고,

인도네시아는 인도양에서 유래됐어.

# 일본
## Japan

- 수도 도쿄
- 면적 3,779만 7,400ha
- 인구 1억 2,329만 4,513명
- 언어 일본어
- 화폐 일본 엔

021
아시아

# 중국
## China

- **수도** 베이징
- **면적** 9억 6,000만 1,300ha
- **인구** 14억 2,567만 1,352명
- **언어** 중국어
- **화폐** 중국 위안

아시아 022

가도 가도 끝이 안 보여! 길어도 이렇게나 길 줄이야.

만리장성은 지도상의 길이만 무려 2,700km나 된다고!

지형의 높낮이를 생각하면 실제 길이는 6,400km 가까이 되지.

이건 지구의 반지름과 거의 같은 길이라고.

와~, 대단하다!

그래서 만리장성은 지구 밖, 우주에서도 보인다고 하는구나!

후후~, 그건 잘못 알려진 이야기야.

엄청난 규모를 빗대어 과장되게 말한 거지.

하지만 그 규모만큼은 인정해야겠지.

# 카자흐스탄
## Kazakhstan

- 수도 아스타나(누르술탄)
- 면적 2억 7,249만ha
- 인구 1,960만 6,633명
- 언어 카자흐어, 러시아어
- 화폐 카자흐스탄 텡게

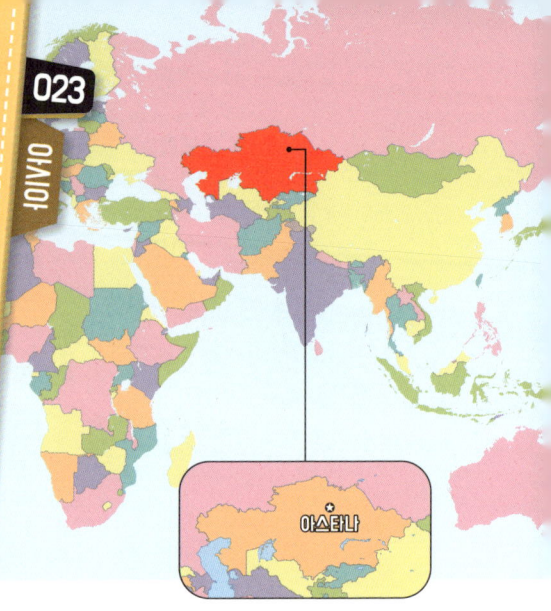

카자흐스탄은 중앙아시아에서 가장 넓은 영토를 차지하고 있어.

그만큼 풍부하고 다양한 자원을 가지고 있지.

아~, 그래서 '중앙아시아의 거인'이라 불리는구나!

하지만 농사를 지을 수 없는 척박한 땅이 대부분이야.

그럼 경제적으로도 힘들겠네?

맞아. 하지만 2000년대를 지나면서 새로운 바람이 불고 있어.

새로운 바람?

# 카타르
## Qatar

- 수도 도하
- 면적 114만 9,000ha
- 인구 271만 6,391명
- 언어 아랍어
- 화폐 카타르 리얄

뭐야? 여기도 저기도 다 사막이야.

그래서 카타르 사람들은 수도인 도하에 모여 살고 있어.

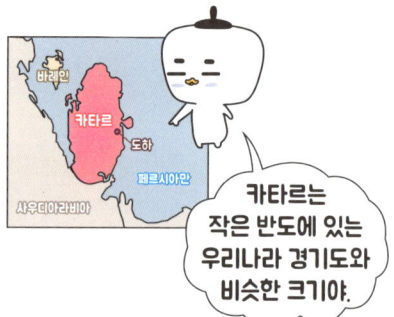

카타르는 작은 반도에 있는 우리나라 경기도와 비슷한 크기야.

이런 곳에서 월드컵이 열렸다는 게 믿기질 않아!

맞아. 2022년에 열린 카타르 월드컵은 아랍권뿐만 아니라 이슬람권에서도 최초였지.

카타르가 월드컵을 열 수 있었던 건….

# 캄보디아
## Cambodia

수도 프놈펜
면적 1,810만 4,000ha
인구 1,694만 4,826명
언어 크메르어
화폐 캄보디아 리엘

아시아 025

이제 곧 보일 거야.

캄보디아 국기에도 그려져 있는 곳이지?

맞아. 힌두교 사원으로 지어져, 나중에는 불교 사원으로 사용된 곳이야.

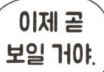
저기 보인다!!

바로 앙코르 와트!

크메르 왕조의 사원이자, 앙코르 최고의 건축물!

우아! 여기가 그 유명한 앙코르 와트구나!!

# 쿠웨이트
## Kuwait

026 아시아

- 수도 쿠웨이트시티
- 면적 178만 2,000ha
- 인구 431만 108명
- 언어 아랍어
- 화폐 쿠웨이트 디나르

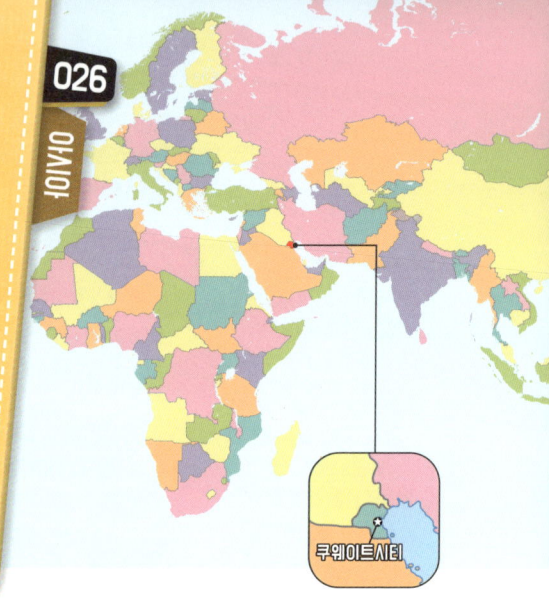

쿠웨이트시티

앗! 쿠웨이트 타워야. 모양이 정말 독특하다. 근데 모양이 다 다르네.

그건 탑마다 역할이 달라서 그래. 메인 타워엔 전망대가 있어. 중간 타워엔 물을 저장하고, 마지막 타워엔 전기 시설이 있지.

회전 전망대에서 보면 쿠웨이트시티와 페르시아만의 전경을 한눈에 볼 수 있다고.

그렇다면 쿠웨이트도 석유 산유국이겠네.

맞아. 세계에서 석유 생산량이 10위 안에 드는 나라야.

이곳도 중동 지역이지?

너 쿠웨이트가 사막 기후라는 건 알지? 글쎄 일교차가 20도 가까이 날 때도 있대.

# 태국
## Thailand(타이)

- 수도 방콕
- 면적 5,131만 2,000ha
- 인구 7,180만 1,279명
- 언어 타이어
- 화폐 태국 밧

027 아시아

"이 도시는 빌딩들 사이에 사원이 아주 많다."

"여긴 태국의 수도 방콕이니까."

"태국은 불교의 나라이자 사원의 나라거든."

"국민의 95%가 불교를 종교로 가졌지."

"와, 95%나?"

"그러니 당연히 많은 불교 사원이 있을 수밖에."

"또 태국은 동남아시아 국가 중 유일하게 식민지 지배를 받지 않은 나라야."

# 튀르키예
## Türkiye

- 수도 앙카라
- 면적 7,853만 5,000ha
- 인구 8,581만 6,199명
- 언어 튀르키예어
- 화폐 튀르키예 리라

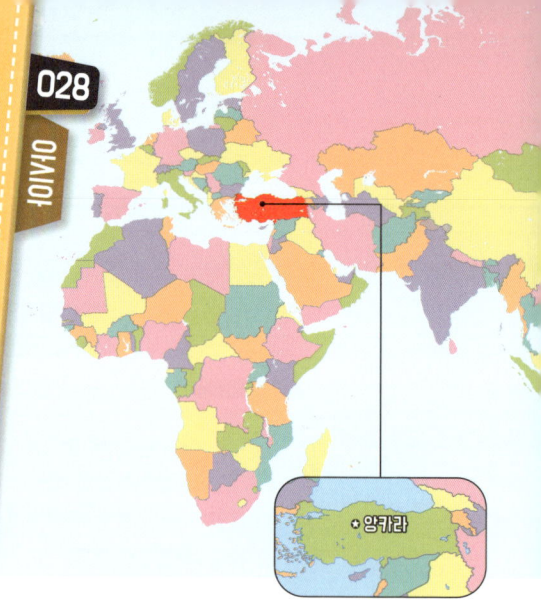

- 내가 열기구를 타고 하늘을 날다니!
- 정말 멋지다. 꼭 오즈의 마법사가 된 기분이야.
- 수많은 열기구가 떠 있는 모습이 정말 장관이야.

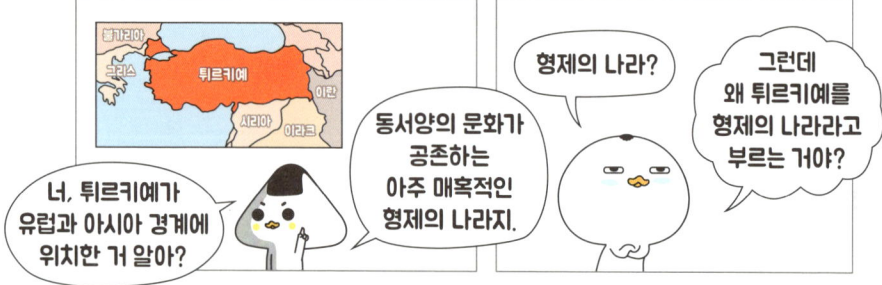

- 너, 튀르키예가 유럽과 아시아 경계에 위치한 거 알아?
- 동서양의 문화가 공존하는 아주 매혹적인 형제의 나라지.
- 형제의 나라?
- 그런데 왜 튀르키예를 형제의 나라라고 부르는 거야?

# 파키스탄
## Pakistan

- **수도** 이슬라마바드
- **면적** 7,961만ha
- **인구** 2억 4,048만 5,658명
- **언어** 우르두어, 펀자브어, 신디어, 파슈토어, 영어
- **화폐** 파키스탄 루피

# 필리핀
## Philippines

- 수도 마닐라
- 면적 3,000만ha
- 인구 1억 1,733만 7,368명
- 언어 타갈로그어, 영어
- 화폐 필리핀 페소

여기도 바다!

저기도 바다! 난 바다가 너무너무 좋아.

필리핀은 7천여 개나 되는 섬으로 이루어져 있어.

그렇게나 많아?

응. 화산이 많아서 아름다운 산과 호수가 많지만,

반대로 섬과 산이 대부분이라 농사지을 땅이 부족했지.

# 아메리카
## America

# 과테말라
## Guatemala

- 수도 과테말라시티
- 면적 1,088만 9,000ha
- 인구 1,809만 2,026명
- 언어 스페인어
- 화폐 과테말라 케찰

031 아메리카

과테말라시티

- 이 신전을 보니 과테말라 티칼이군.
- 티칼?

- 응. 티칼은 고대 마야인들이 세운 거대한 도시와 피라미드, 신전 등이 남아 있는 유적지야.
- 마야인? 고대 문명인 마야 문명을 말하는 거야?

- 맞아. 과테말라는 마야 문명의 중심지였거든.
- 마야 문명은 시대를 넘어선 섬세한 건축물과 천문학, 수학 분야에서 뛰어난 업적을 남겼지.

- 우아! 알면 알수록 대단해.

# 멕시코
## Mexico

- **수도** 멕시코시티
- **면적** 1억 9,643만 7,500ha
- **인구** 1억 2,845만 5,567명
- **언어** 스페인어
- **화폐** 멕시코 페소

# 미국
## United States of America

- 수도 워싱턴 D.C.
- 면적 9억 8,315만 1,000ha
- 인구 3억 3,999만 6,563명
- 언어 영어
- 화폐 미국 달러

033 아메리카

미국의 상징! 자유의 여신상이야.

프랑스가 미국의 독립 100주년을 기념해서 선물했어.

높이가 46m라더니 정말 거대하다!

여신상 내부엔 박물관도 있대. 우리도 가 보자.

미국은 짧은 역사에도 현재 세계에서 가장 영향력이 큰 나라야.

경제력뿐 아니라 군사력도 가장 막강하지.

우리 미국 하면 떠오르는 걸 하나씩 말해 보자!

# 베네수엘라
## Bolivarian Republic of Venezuela

- 수도 카라카스
- 면적 9,120만 5,000ha
- 인구 2,883만 8,499명
- 언어 스페인어
- 화폐 베네수엘라 볼리바르

034 아메리카

앗! 저쪽에서 폭포 소리가 들려!

폭포 소리가 엄청난데!

당연하지! 세계에서 가장 높은 폭포거든!

저기야, 앙헬 폭포!

높이가 무려 979m나 된다고!

베네수엘라에 이렇게 멋진 곳이 있었구나.

더 대단한 것도 있어. 베네수엘라는 전 세계 석유 매장량이 1위인 나라야.

1위? 석유는 중동 지역에만 많은 게 아니었군.

# 볼리비아
## Bolivia

| | |
|---|---|
| 수도 | 라파스 행정, 수크레 사법 |
| 면적 | 1억 985만 8,000ha |
| 인구 | 1,238만 8,571명 |
| 언어 | 스페인어, 케추아어, 아이마라어 |
| 화폐 | 볼리비아 볼리비아노 |

035 아메리카

- 우리가 서 있는 곳은 세상에서 가장 큰 거울이야.
- 정말 하늘이 그대로 비쳐서 어디가 하늘이고, 어디가 땅인지 모르겠어.
- 여기가 바로 세계에서 가장 큰 소금 사막, 우유니 사막이야.

우리가 밟고 있는 바닥은 모두 소금이고.

지금은 우기라 맑은 호수처럼 보이지만,

비가 잘 오지 않는 건조한 지역이라 물이 마르면 소금 결정만 남아 소금 사막으로 변해.

이 환상적인 광경 때문에 수많은 관광객이 볼리비아를 찾고 있지.

# 브라질
## Brazil

- **수도** 브라질리아
- **면적** 8억 5,157만 7,000ha
- **인구** 2억 1,642만 2,446명
- **언어** 포르투갈어
- **화폐** 브라질 헤알

아마존은 정말 거대한 열대 우림이야.

세계에서 가장 넓고, 가장 다양한 생물이 사는 곳이지.

얼마나 넓은지, 남아메리카의 여러 나라에 걸쳐 있다니까.

지구에 필요한 엄청난 산소를 만들어서 '지구의 허파'라 불리잖아.

맞아. 아마존이 엄청난 숲을 가질 수 있었던 이유가 바로 이 거대한 강이 흐르기 때문이야.

아마존을 상징하는 앵무새 토코투칸도 있고, 세계에서 가장 큰 뱀인 아나콘다도 있다고.

그럼 이 강은 아마존강?

그리고 아마존의 다양한 생물들 중엔…

# 아르헨티나
## Argentina

037
아메리카

- **수도** 부에노스아이레스
- **면적** 2억 7,804만ha
- **인구** 4,577만 3,884명
- **언어** 스페인어
- **화폐** 아르헨티나 페소

부에노스아이레스

"이 폭포가 바로 '악마의 목구멍'이라는 별명을 가진…."
"꿀꺽."
"맞아."

쏴아아아아
"270개나 되는 이구아수 폭포 중에서도 가장 크고 아름답지."

"이 폭포는 아르헨티나와 브라질의 국경에 있어서 두 나라에서 모두 볼 수 있어."
쏴아아아아

"폭포의 물줄기가 절벽을 감싸 흐르는 모습이 웅장하기까지 해."
"정말 아름답고, 정말 경이롭다."

# 에콰도르
## Ecuador

- 수도  키토
- 면적  2,563만 7,000ha
- 인구  1,819만 484명
- 언어  스페인어, 케추아어
- 화폐  미국 달러

038
아메리카

우리가 보고 있는 게 갈라파고스펭귄이지?

맞아. 열대 지역에 살지.

깜짝

앗! 저기 거대한 뭔가가 있어!

저건 갈라파고스 땅거북이야.

거북 가운데 몸집이 가장 크고, 가장 오래 사는 육지 거북이지.

엉금 엉금

몸무게는 400~500kg이나 나가고, 180살이나 산대!

# 엘살바도르
**El Salvador**

| | |
|---|---|
| 수도 | 산살바도르 |
| 면적 | 210만 4,000ha |
| 인구 | 636만 4,943명 |
| 언어 | 스페인어 |
| 화폐 | 미국 달러 |

039 아메리카

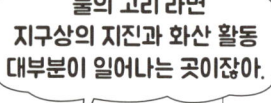

# 우루과이
## Uruguay

**수도** 몬테비데오
**면적** 1,762만 2,000ha
**인구** 342만 3,108명
**언어** 스페인어
**화폐** 우루과이 페소

아메리카 040

# 자메이카
Jamaica

- 수도 킹스턴
- 면적 109만 9,000ha
- 인구 282만 5,544명
- 언어 영어
- 화폐 자메이카 달러

041 아메리카

# 칠레
## Chile

- **수도** 산티아고
- **면적** 7,567만ha
- **인구** 1,962만 9,590명
- **언어** 스페인어
- **화폐** 칠레 페소

042
아메리카

- 래야야, 놀라지 마!
- 뭔데?

- 바로 칠레 지도야!
- 와~, 엄청 길잖아.

맞아.
칠레는 남북으로 약 4,300km,
동서로 약 175km에 걸쳐 뻗어 있어서
저렇게 긴 모양이 된 거야.

그래서 옆 나라인 아르헨티나처럼 다양한 기후를 가지게 됐지.

북쪽에는 세계에서 가장 건조한 아타카마 사막이, 남쪽에는 눈과 빙하가 있다고.

다시 들어도 신기해.

# 캐나다
## Canada

**수도** 오타와
**면적** 15억 6,344만 1,000ha
**인구** 3,878만 1,291명
**언어** 프랑스어, 영어
**화폐** 캐나다 달러

043 아메리카

오타와

캐나다는 세계 2위로 넓은 땅을 가진 나라야.

정말 엄청나구나!

얼마나 넓은지, 우리나라와 비교하면 거의 100배나 차이가 나지.

아! 캐나다는 북극과 가장 가까운 나라 중 하나래.

오들 오들

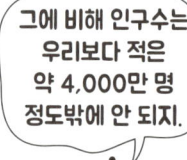

그에 비해 인구수는 우리보다 적은 약 4,000만 명 정도밖에 안 되지.

모네야, 내 말이 안 들리니?

나도 아는 게 있다고.

인구수가 적은 건 국토의 약 40%가 숲, 약 12%가 빙하로 사람이 살기 힘든 곳이 많기 때문이야.

미안, 이 설명만 끝낼게.

# 콜롬비아
## Colombia

044

아메리카

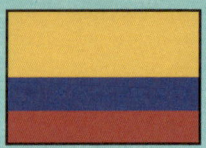

**수도** 보고타
**면적** 1억 1,406만 1,905ha
**인구** 5,208만 5,168명
**언어** 스페인어
**화폐** 콜롬비아 페소

찾았다! / 정말? / 후다닥

응! 여기! / 우아! 정말 에메랄드가 있구나!! / 반짝 반짝

얘기했잖아. 콜롬비아는 세계적인 에메랄드 생산지라고.

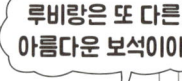

루비랑은 또 다른 아름다운 보석이야.

콜롬비아, 콜롬비아. 어디서 많이 들어본 이름인데….

# 쿠바
Cuba

- **수도** 아바나
- **면적** 1,098만 8,000ha
- **인구** 1,119만 4,449명
- **언어** 스페인어
- **화폐** 쿠바 페소

045

아메리카

아바나

우아! 에메랄드빛 바다가 너무 아름다워!

카리브해에서 가장 큰 섬나라가 쿠바야!

콜럼버스가 쿠바에 도착했을 때, "인간의 눈으로 본 가장 아름다운 땅"이라고 말했지.

정말 그럴 만해.

또한, 쿠바는 아메리카 지역에서 공산주의 이념을 따르는 유일한 국가야.

앗! 생각났어! 쿠바 하면 떠오르는 그 이름!

# 파라과이
## Paraguay

- 수도 아순시온
- 면적 4,067만 5,200ha
- 인구 686만 1,524명
- 언어 스페인어, 과라니어
- 화폐 파라과이 과라니

046
아메리카

아메리카의 심장 파라과이야.

지도를 봐. 파라과이는 육지에 둘러싸인 내륙국이기도 해.

남아메리카 중앙에 자리 잡고 있어서 그렇게 불리지.

래야, 이 강이 무슨 강인지 알아?

어떤 역할?

파라과이와 브라질 국경을 따라 흐르는 파라나강이야. 이 강은 아주 중요한 역할을 해.

내륙국인 파라과이를 대서양과 연결하는 수로가 되거든.

# 페루
## Peru

- 수도 리마
- 면적 1억 2,852만 2,000ha
- 인구 3,435만 2,719명
- 언어 스페인어, 케추아어
- 화폐 페루 누에보 솔

047 아메리카

정말 이렇게 높은 고산지대에 비밀 도시가 존재했다고?

믿기지 않아!

곧 보일 거야! 스페인을 피해 건설된 잉카 제국 최후의 요새가!

아무리 올려다봐도 보이질 않는데?

산 아래쪽에서는 절대 보이지 않는다고 해서 '잃어버린 도시'라고 불렸어.

1911년 미국의 탐험가 하이럼 빙엄이 발견했지.

앗! 저기구나!

# 아프리카
## Africa

# 가나
## Ghana

[수도] 아크라
[면적] 2,385만 3,000ha
[인구] 3,412만 1,985명
[언어] 영어, 토착어
[화폐] 가나 세디

아프리카 048

아크라

이 해변이 가나의 황금 해안이군.
황금 해안? 이름이 너무 멋진걸.
멋진 이름이지만, 그 속엔 아픈 과거가 숨겨져 있어.

가나는 최고의 금 생산국으로 과거에도 금이 많이 나왔어.
금을 따라 유럽 열강들이 들어온 15세기 이후 금광 개발과 노예 무역으로 이곳에선 많은 금이 오갔지.

그래서 '황금 해안'이라 불리게 된 거야. 그들은 이곳을 차지하기 위해 치열한 전쟁도 했어.
그런 아픈 역사가 있었구나.

# 나이지리아
## Nigeria

049

아프리카

- **수도** 아부자
- **면적** 9,237만 7,000ha
- **인구** 2억 2,380만 4,632명
- **언어** 영어
- **화폐** 나이지리아 나이라

• 아부자

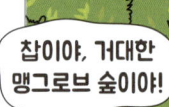
찹이야, 거대한 맹그로브 숲이야!

바닷물 속에서 식물이 자라는 곳이지. 염분 때문에 모두 죽을 것 같은데, 신기하지?

난 아프리카에는 사막만 있는 줄 알았는데, 잘못 알고 있었어.

열대 지역에만 존재한대. 우리가 지나는 곳은 아프리카에서 세 번째로 긴 나이저강과 베누에강이 만나는 삼각주 지역이야!

아프리카도 엄청 큰 대륙이잖아. 다양한 기후와 자연환경이 존재한다고.

이 삼각주도 세계에서 가장 큰 삼각주 중 하나로, 이 근처에는 엄청난 석유와 천연가스가 매장되어 있어.

맞아! 덕분에 나이지리아는 아프리카에서 석유 생산량이 많은 국가 중 하나야.

# 남수단
## Republic of South Sudan

- 🏛 **수도** 주바
- 📐 **면적** 6,197만 4,000ha
- 👥 **인구** 1,100만 명
- 🗣 **언어** 영어
- 💴 **화폐** 남수단 파운드

050 아프리카

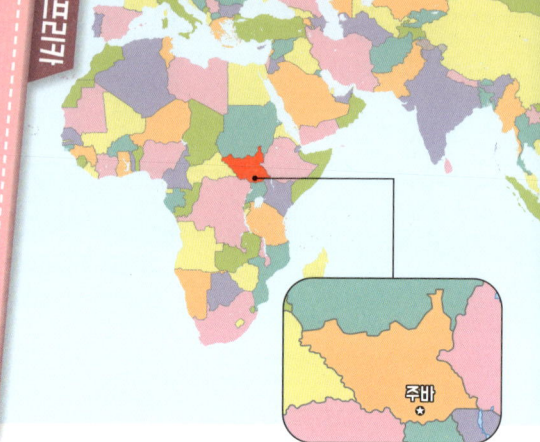

"드디어 나타났어!"

"이렇게 가까이에서 보다니, 굉장해!"

"얼룩무늬가 너무나 멋진!"

"바로 얼룩말이야!!"

"얼룩말은 아프리카 많은 지역에서 볼 수 있는 동물이잖아."

"특히, 니물레 국립 공원에서는 코끼리, 기린, 버팔로 등 다양한 야생 동물도 볼 수 있지."

"근데 왜 수단과 남수단이 따로 있는 거야?"

# 남아프리카 공화국
**Republic of South Africa**

- 수도 프리토리아, 블룸폰테인 케이프타운 입법
- 면적 1억 2,190만 9,000ha
- 인구 6,041만 4,495명
- 언어 영어, 아프리칸스어, 줄루어
- 화폐 남아프리카 공화국 랜드

051 아프리카

케이프타운

앗! 따가워!
폴짝
오잉? 래야야, 왜 그래?
잠깐 쉬려고 앉았는데, 뭔가에 엉덩이를 찔렸어.
앗! 이건 다육 식물이야. 가시가 있는 것도 있으니 조심해야 해.

다육 식물? 선인장 같은 거?
맞아, 건조한 환경에서 살아남기 위해 줄기, 잎, 뿌리에 많은 수분을 저장하지.

이곳 남아프리카 공화국엔 많은 다육 식물이 있어서 식물학자와 원예가들이 사랑하는 곳이야.

# 마다가스카르
## Madagascar

- 수도 안타나나리보
- 면적 5,872만 9,500ha
- 인구 3,032만 5,732명
- 언어 프랑스어, 마다가스카르어
- 화폐 마다가스카르 아리아리

052 아프리카

안타나나리보

거기 서!

뽀기야, 누구한테 하는 말이야?

저기 저 녀석 말이야! 내 과자를 훔쳐 갔다고!!

앗! 저 동물은!

긴 꼬리에 희고 검은 고리 무늬가 특징이지.

마다가스카르에 살고 있는 호랑꼬리여우원숭이잖아!

맞아. 이 나라는 세계에서 네 번째로 큰 섬으로, 온갖 희귀 동식물이 서식하는 자연의 보고라고.

# 모로코
## Morocco

- **수도** 라바트
- **면적** 4,465만 5,000ha
- **인구** 3,784만 44명
- **언어** 아랍어, 베르베르어, 프랑스어
- **화폐** 모로코 디르함

053

유럽면적

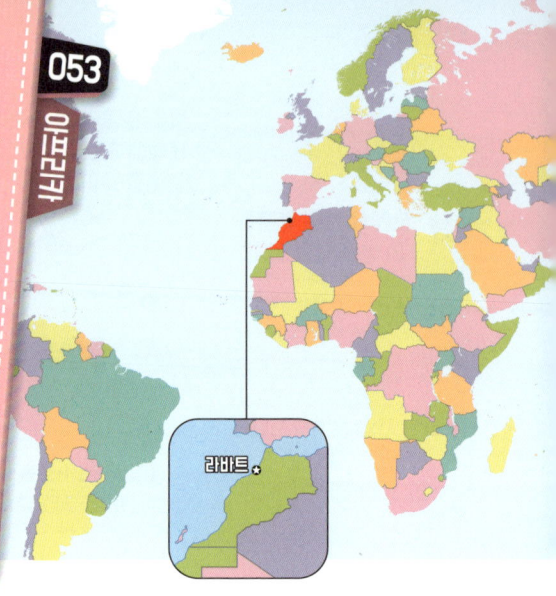

"으으~, 여기 아프리카 맞아? 아프리카 도시에서 눈을 경험할 줄이야."

"아틀라스산맥이 지나는 이프란은 높은 곳에 있어서 겨울이 되면 눈이 내리지."

"아프리카에서 겨울철 기온이 가장 낮은 곳으로 알려져 있어."

"스키장까지 있다니, 작은 스위스라고 불릴 만하군."

"모로코는 아틀라스산맥 뿐만 아니라 사막과 푸른 지중해, 로마 시대 유적과 이슬람 유적지 등 다양한 볼거리가 있어."

"많은 볼거리와 가까운 위치 때문에 유럽인들도 자주 오지."

"지도를 봐. 유럽과 가깝게 붙어 있지?"

# 세네갈
## Senegal

054

아프리카

- 수도 다카르
- 면적 1,967만 1,000ha
- 인구 1,776만 3,163명
- 언어 프랑스어
- 화폐 서아프리카 CFA 프랑

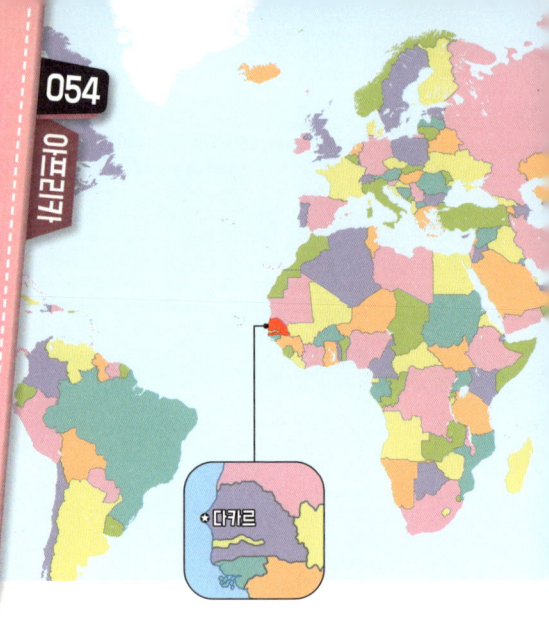

•다카르

아프리카 가장 서쪽에 위치한 나라, 세네갈에 도착했군.

지도로 보니 가장 서쪽이 맞네.

세네갈은 아프리카 국가 중에서 독립 이후 쿠데타나 큰 분쟁이 없었던 나라로 유명하지.

모리타니
세네갈
말리
기니

당연히 지금도 민주주의 국가이고!

아 참, 세네갈도 우리처럼 주식이 쌀인 거 알아?

맞아. 아프리카 최대의 쌀 소비국이래.

우리나라 국화는 무궁화잖아. 그런데 세네갈은 심지어 국화가 벼일 정도라니까.

# 소말리아
**Somalia**

055
아프리카

- 수도 모가디슈
- 면적 6,376만 6,000ha
- 인구 1,814만 3,378명
- 언어 소말리아어, 아랍어
- 화폐 소말리아 실링

자! 아프리카 대륙을 본 다음….

이 동물의 모습을 비교해 봐!

앗! 꼭 코뿔소처럼 생겼어!

맞아. 소말리아는 코뿔소의 뿔에 위치해 있지. 그래서 '아프리카의 뿔'이라고 얘기하지.

소말리아가 여기에 있었구나!

나라 이름은 많이 들어봤는데, 정확히 위치는 몰랐어.

위치상 소말리아는 좋은 위치에 있는 것 같아.

왜?

# 수단
Sudan

- 수도 하르툼
- 면적 1억 8,780만ha
- 인구 4,810만 9,006명
- 언어 아랍어, 영어
- 화폐 수단 파운드

056 아프리카

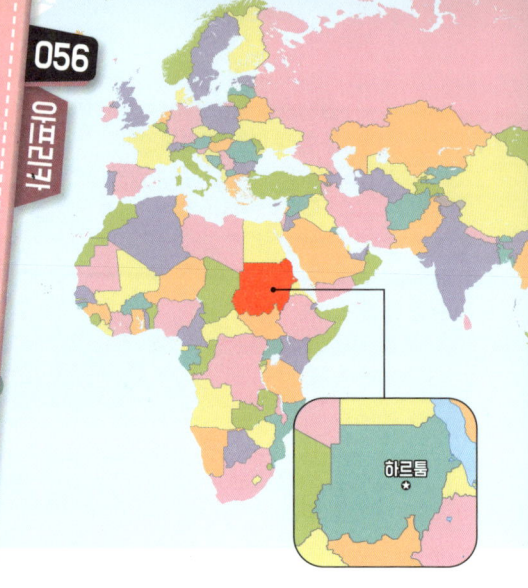

여기는 수단의 수도 하르툼이야.

앗! 여기서 두 강이 하나로 합쳐지고 있어!

저긴 백나일강과 청나일강이 하나로 합쳐지는 곳이야.

합쳐진 물은 이집트까지 흘러가지.

우리나라의 남한강과 북한강이 만나 한강이 되는 두물머리 같은 곳이군.

원래 수단은 아프리카에서 가장 넓은 땅을 가진 나라였어.

남수단이 독립하면서 크기가 줄어들어 세 번째로 큰 나라가 되었지.

하지만 두 나라엔 평화가 찾아왔잖아.

# 알제리
## Algeria

- 수도 알제
- 면적 2억 3,817만 4,100ha
- 인구 4,560만 6,480명
- 언어 아랍어, 베르베르어
- 화폐 알제리 디나르

057 아프리카

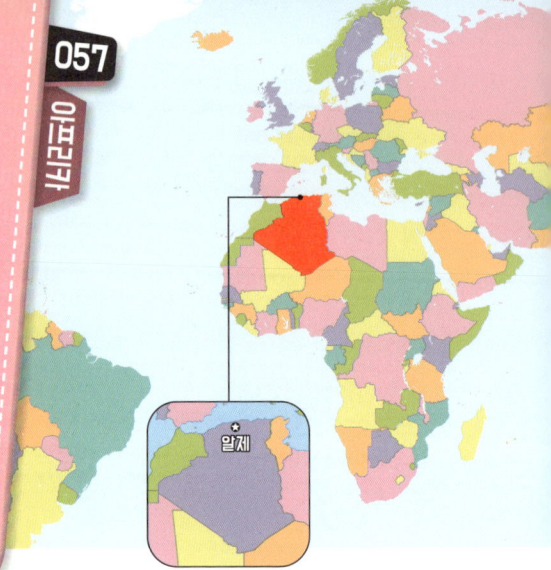

다 지나갔지?
응.

정말 모래 폭풍이 자주 부는군.
알제리는 국토 중 40% 정도가 사하라 사막이 차지해.
콜록 콜록

아프리카 대륙에서 가장 넓은 땅을 가졌지만,
그 땅의 대부분이 사하라 사막이라니….
툭 툭
알제리뿐 아니야.
사하라 사막은 북아프리카 대부분을 덮고 있는 거대한 사막 지역이야.

# 에티오피아
**Ethiopia**

058

- 수도 아디스아바바
- 면적 1억 1,362만 3,954ha
- 인구 1억 2,652만 7,060명
- 언어 암하라어
- 화폐 에티오피아 비르

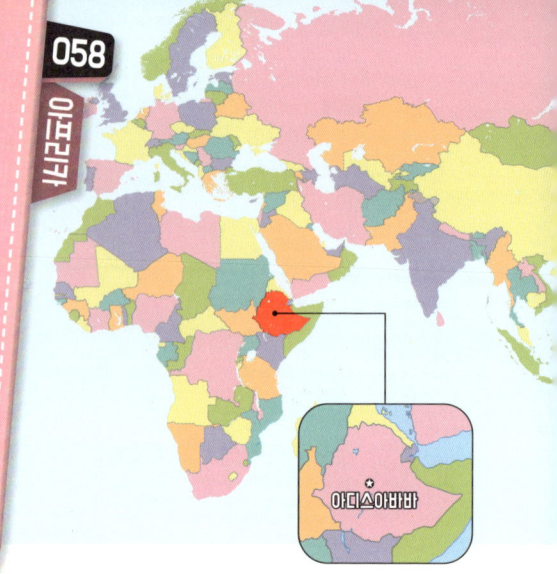
아디스아바바

- 에티오피아에 하루 있었는데, 정말 신기한 날씨였어.
- 사계절이 하루에 모두 지나간 것 같아.
- 후후~.
- 에티오피아 고원 기후는 아침은 봄, 점심은 여름, 저녁은 가을, 밤은 겨울이라고 느껴질 만큼 기온 차가 크지.

- 에티오피아는 대부분이 해발 1,000m 이상의 고산·고원 지대야.
- 그래서 '아프리카의 지붕'이라고 불리지.
- 수도인 아디스아바바도 해발 고도가 약 2,300m나 되는 높은 곳에 위치해 있잖아!
- 맞아. 그래서 더운 아프리카인데도 봄가을 날씨를 유지하지.

# 우간다
## Uganda

- 수도 캄팔라
- 면적 2,415만 5,000ha
- 인구 4,858만 2,334명
- 언어 영어, 스와힐리어
- 화폐 우간다 실링

059

아프리카

캄팔라

휴~~, 배가 터지겠어!

나도야! 오랜만에 바나나를 실컷 먹었네.

히히~, 우간다는 50종 이상의 바나나를 재배하며, 바나나 소비량도 엄청나대.

우간다가 바나나의 나라였군.

자~, 그럼 이제 소화도 시킬 겸 빅토리아 호수에서 수영해 볼까나.

앗! 아프리카에서 제일 큰 호수가 빅토리아 호수잖아.

응. 우간다, 탄자니아, 케냐와 국경을 맞대고 있고, 나일강의 원천이 되는 호수지.

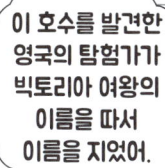

# 이집트
## Egypt

- **수도** 카이로
- **면적** 1억 14만 5,000ha
- **인구** 1억 1,271만 6,598명
- **언어** 아랍어
- **화폐** 이집트 파운드

060
아프리카

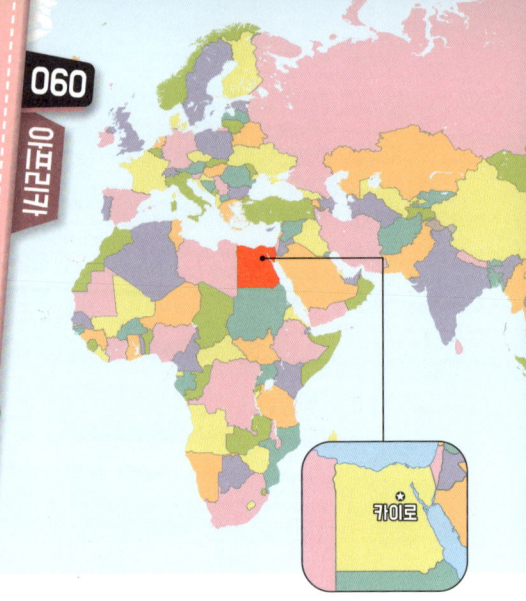

카이로

---

"이걸 두 눈으로 직접 보게 되다니!"

"맞아. 그 거대함 때문에 보고도 믿기질 않는군."

"바로 고대 이집트 왕의 무덤!"

"기자의 피라미드 말이야!"

"맞아. 그중에서도 가장 큰 건 쿠푸의 피라미드잖아."

"역사상 가장 큰 피라미드로, 그 규모나 정확성만으로도 세계 7대 불가사의라고 부를 만해."

"이 멋진 고대 건축물을 보려고 전 세계 사람들이 이집트를 찾고 있지."

"높이가 약 140m나 되거든."

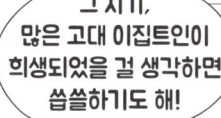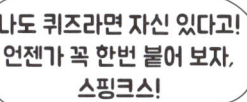

# 중앙아프리카 공화국
## Central African Republic

061 아프리카

- 수도 방기
- 면적 6,229만 8,000ha
- 인구 574만 2,315명
- 언어 프랑스어, 상고어
- 화폐 중앙아프리카 CFA 프랑

방기

"이곳 사람들은 다들 프랑스어를 사용하네?"

"중앙아프리카 공화국도 예전에 프랑스의 지배를 받던 나라였거든."

"대부분의 아프리카 나라들이 최근까지 유럽의 식민지 지배를 받았지."

"지금은 식민 통치에서 벗어났지만."

"앗! 아프리카 지도를 보면 일직선으로 나뉘거나 들쭉날쭉하게 나뉜 이유가 이것 때문이구나."

"그거 알아? 거의 모든 아프리카의 국경이 소수의 유럽 국가들에 의해 정해졌다는 거."

"맞아. 그래서 문화와 민족이 다른 사람들이 한 나라 안에 포함되기도 했지."

# 짐바브웨
## Zimbabwe

- **수도** 하라레
- **면적** 3,907만 6,000ha
- **인구** 1,666만 5,409명
- **언어** 영어, 토착어
- **화폐** 미국 달러, 짐바브웨 달러, 남아프리카 공화국 랜

062

아프리카

하라레

쏴아아아아

세계에서 가장 긴 폭포!

빅토리아 폭포에 도착했어!

쿠구구구궁

폭포의 폭이 약 1,500m나 된다고!

쿠구구구궁

큭! 엄청난 소리야! 귀가 아파.

저 엄청난 소리 때문에 아프리카 사람들은 빅토리아 폭포를 '포효하는 연기'라고 불렀대.

이 폭포를 짐바브웨에서 보게 되는군.

# 카메룬
## Cameroon

- 수도 야운데
- 면적 4,754만 4,000ha
- 인구 2,864만 7,293명
- 언어 영어, 프랑스어
- 화폐 중앙아프리카 CFA 프랑

063 아프리카

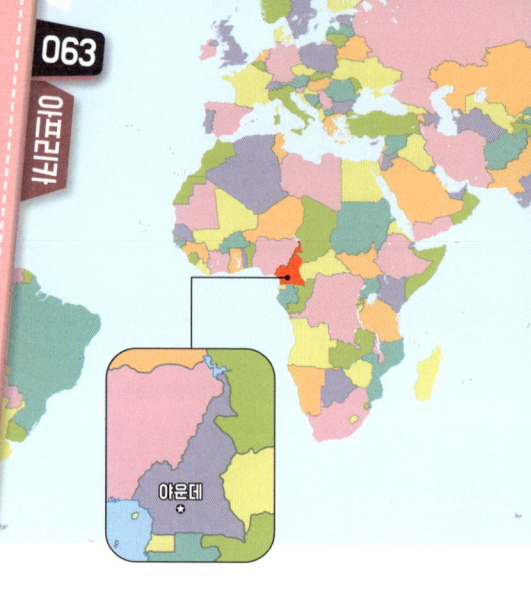

"여기가 바로 카메룬의 드야 동물 보호 구역이야."

"정말 울창하다!"

"열대림 대부분이 자연 상태 그대로 잘 보존되어 있지."

"그래서 이곳에는 다양한 생물들이 살고 있다고."

"100종 이상의 포유류가 있고, 그중 멸종 위기종도 함께 살아가고 있지."

"그리고 여기 보호 구역 안 일부 지역에서는 피그미족 사람들도 살고 있잖아!"

"응. 그들은 전통적인 생활 방식과 문화를 그대로 간직하고 있대."

"앗! 카메룬은 다양한 민족의 문화를 볼 수 있다고 했어."

# 케냐
Kenya

- 수도 나이로비
- 면적 5,803만 7,000ha
- 인구 5,510만 586명
- 언어 영어, 스와힐리어
- 화폐 케냐 실링

064
아프리카

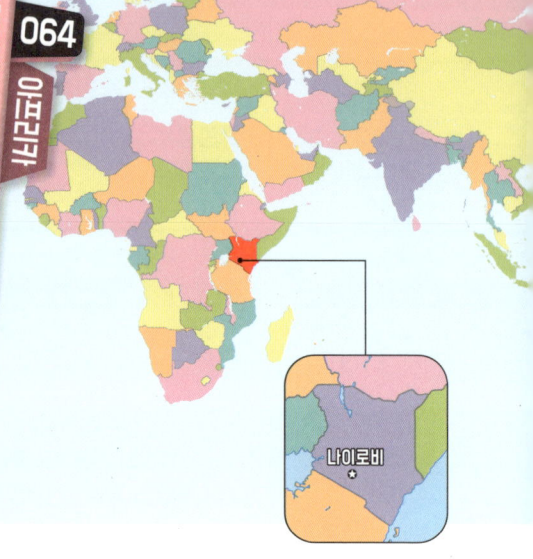

앗! 저 사람들은 케냐의 유명한 부족이잖아!

바로 마사이족이야!

맞아. 케냐와 탄자니아 경계에 있는 초원에서 살지.

마사이족의 걸음걸이가 건강에 좋다고 알려지면서 한때 우리나라에도 유행했었어.

# 콩고 공화국
## Republic of the Congo

- 수도 브라자빌
- 면적 3,420만ha
- 인구 610만 6,869명
- 언어 프랑스어
- 화폐 중앙아프리카 CFA 프랑

065 아프리카

둥둥둥둥

엄청난 북소리가 들려!

아니야, 이건 거대한 동물이 가슴을 치는 소리라고!

여긴 콩고강이 흐르는 곳!

그리고 아마존 다음으로 큰 열대 우림이 존재하는 곳!

바로 콩고 분지야!

아마존에 뒤지지 않는 울창한 밀림이라고.

얼마나 큰지 콩고 민주 공화국과 콩고 공화국에 걸쳐 있지.

앗! 두 나라가 같은 나라 아니었어?

# 탄자니아
## Tanzania

- **수도** 도도마
- **면적** 9,473만ha
- **인구** 6,743만 8,106명
- **언어** 스와힐리어, 영어
- **화폐** 탄자니아 실링

066

아프리카

도도마

우리가 아프리카에서 가장 와 보고 싶어 했던 곳이야.

맞아.

바로 탄자니아의 세렝게티 국립 공원!

이곳에선 얼룩말과 누가 대이동을 하는 장관을 볼 수 있지!

맞아. 식물·초식 동물·육식 동물이 균형을 이루며 살아가는 거대한 자연의 보고야!

아 참! 탄자니아에는 유명한 곳이 하나 더 있잖아!

# 오세아니아
## Oceania

# 뉴질랜드
## New Zealand

067 오세아니아

- 수도 웰링턴
- 면적 2,677만 1,000ha
- 인구 522만 8,100명
- 언어 영어, 마오리어
- 화폐 뉴질랜드 달러

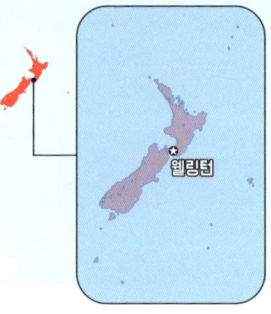
웰링턴

앗! 저 사람들은 용맹하기로 소문난 뉴질랜드 원주민 마오리족이잖아!

처음 이주를 시작했던 때에는 크고 작은 다툼도 많았대.

맞아. 뉴질랜드는 유럽의 이주민들과 원주민들의 문화가 어우러진 곳이야.

뉴질랜드는 두 개의 섬으로 이루어져 있잖아.

# 솔로몬 제도
## Solomon Is.

068 오세아니아

- 수도 호니아라
- 면적 289만ha
- 인구 74만 424명
- 언어 영어
- 화폐 솔로몬 제도 달러

# 오스트레일리아
## Australia(호주)

- **수도** 캔버라
- **면적** 7억 7,412만 2,000ha
- **인구** 2,643만 9,111명
- **언어** 영어
- **화폐** 오스트레일리아 달러

# 통가
## Tonga

- 수도 누쿠알로파
- 면적 7만 5,000ha
- 인구 10만 7,773명
- 언어 통가어, 영어
- 화폐 통가 팡가

070 오세아니아

누쿠알로파

이 나라는 2022년 엄청난 해저 화산이 폭발하며 알려졌어.

나도 위성에서 찍힌 영상을 봤는데, 정말 거대하고 무섭더라.

그 폭발로 많은 통가 주민이 피해를 입었지.

해저 화산 폭발로 통가를 알게 되었지만, 사실 통가는 아주 아름다운 나라야.

그래서 통가의 경제는 관광 수입이 큰 비중을 차지하지.

# 파푸아 뉴기니
## Papua New Guinea

071
오세아니아

- **수도** 포트모르즈비
- **면적** 4,628만 4,000ha
- **인구** 1,032만 9,931명
- **언어** 영어, 톡 피신
- **화폐** 파푸아뉴기니 키나

포트모르즈비

너 파푸아 뉴기니가 어느 나라와 붙어 있는지 알아?

파푸아 뉴기니는 섬인데, 붙어 있는 나라가 있다고?

인도네시아 / 파푸아 뉴기니 / 뉴기니섬

지도를 봐!

앗! 섬이 인도네시아와 파푸아 뉴기니로 나뉘어 있네?

맞아. 세계에서 두 번째로 큰 섬인 뉴기니섬이야.

그것참, 신기하군.

그리고 여기, 우리가 있는 파푸아 뉴기니의 열대 우림은 아마존, 콩고에 이어 세 번째로 큰 열대 우림이라고.

…

# 피지
## Fiji

- 수도 수바
- 면적 182만 7,000ha
- 인구 93만 6,375명
- 언어 영어, 피지어, 피지 힌디어
- 화폐 피지 달러

072 오세아니아

- 피지의 바다도 아름답군.
- 피지는 호주, 뉴질랜드, 폴리네시아와 가까워서 남태평양의 허브로 불려.
- 피지도 많은 섬으로 이루어져 있지?

- 응. 하지만 대부분이 화산섬이야!
- 300개 이상의 섬이 있는데, 그중 200개 이상은 아무도 살지 않는 무인도야.
- 그렇구나.

# 유럽
# Europe

# 그리스
## Greece

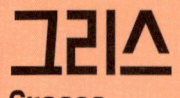

- 수도　아테네
- 면적　1,319만 6,000ha
- 인구　1,034만 1,277명
- 언어　그리스어
- 화폐　유로

# 네덜란드
## Netherlands

- 수도 암스테르담
- 면적 415만 4,000ha
- 인구 1,761만 8,299명
- 언어 네덜란드어
- 화폐 유로

074

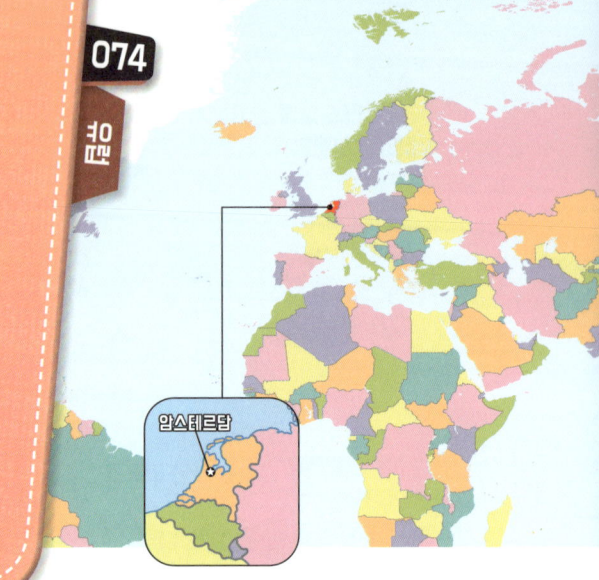

암스테르담

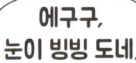

에구구, 눈이 빙빙 도네.

풍차를 계속 보고 있었더니, 세상도 같이 돌아.

네덜란드는 해수면보다 낮은 땅이 많아서 물에 잠기지 않게 계속해서 물을 퍼내야 했어.

그래서 풍차를 이용해 물도 퍼내고, 방아도 찧고, 나무를 자르기도 했지.

하지만 기술이 발전하면서 풍차는 점점 사라지고 현재는 일부만 남게 되었지.

아쉽다. 이 아름다운 모습을 오래오래 보고 싶은데.

네덜란드는 오랜 기간 땅을 메워 낮은 땅을 높였어.

# 노르웨이
## Norway

- 수도 오슬로
- 면적 6,245만ha
- 인구 547만 4,360명
- 언어 노르웨이어
- 화폐 노르웨이 크로네

075 유럽

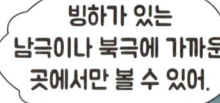
우아~~, 정말 아름답다.

저기가 노르웨이의 송네 피오르야!

피오르?

빙하가 녹으며 빙하가 채워져 있던 곳이 거대한 협곡을 만들고, 그곳에 바닷물이 들어와 피오르가 형성되지.

빙하가 있는 남극이나 북극에 가까운 곳에서만 볼 수 있어.

노르웨이는 북극에 가까운 북유럽이라 볼 수 있구나.

맞아. 또, 노르웨이는 국토 대부분이 산과 빙하로 정말 아름답지.

# 덴마크
## Denmark

- 수도: 코펜하겐
- 면적: 429만 2,000ha
- 인구: 591만 913명
- 언어: 덴마크어
- 화폐: 덴마크 크로네

# 독일
Germany

- 수도 베를린
- 면적 3,575만 9,000ha
- 인구 8,329만 4,633명
- 언어 독일어
- 화폐 유로

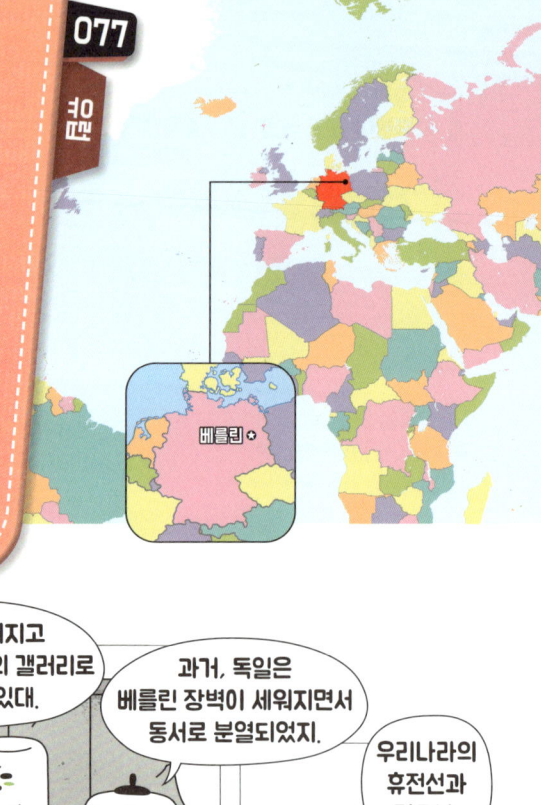

# 러시아
## Russia

**수도** 모스크바
**면적** 17억 982만 5,000ha
**인구** 1억 4,444만 4,359명
**언어** 러시아어
**화폐** 러시아 루블

★ 모스크바

칙칙폭폭

정말 끝없이 달리는군!

칙칙폭폭

당연하지! 이건 세계에서 가장 긴 열차인 시베리아 횡단 열차라고!

러시아는 세계에서 가장 넓은 나라니까 가장 긴 철도가 있는 것도 이상한 일은 아니지.

맞아. 러시아는 유럽 전체를 합친 것보다도 땅이 더 넓다고. 정말 어마어마하지.

우리가 온 거리가 얼마나 긴지 지도로 보여 줄게.

유럽 / 모스크바 / 러시아 / 블라디보스토크 / 아프리카

# 루마니아
## Romania

- 수도 부쿠레슈티
- 면적 2,384만ha
- 인구 1,989만 2,812명
- 언어 루마니아어
- 화폐 루마니아 레우

부쿠레슈티

우아~, 정말 멋진 성이다!

후후~, 저 성은 루마니아의 브란 성이야. 하지만 과연 멋진 성일까?

당연하지! 딱 봐도 웅장하고 너무 멋있잖아!

분명 과거에 멋진 군주가 살고 있었을 거야.

두야야, 네가 제일 무서워하는 게 뭐지?

그야 당연히 귀신이지. 아! 그리고 늑대 인간이랑 뱀파이어도 무서워.

하지만 뭐니 뭐니 해도 제일 무서운 건 바로!

드라큘라 백작이라고!

# 모나코
**Monaco**

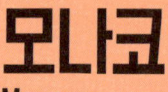

- **수도** 모나코
- **면적** 19ha
- **인구** 3만 6,990명
- **언어** 프랑스어
- **화폐** 유로

# 벨기에
## Belgium

- 수도: 브뤼셀
- 면적: 305만 3,000ha
- 인구: 1,168만 6,140명
- 언어: 네덜란드어, 프랑스어, 독일어
- 화폐: 유로

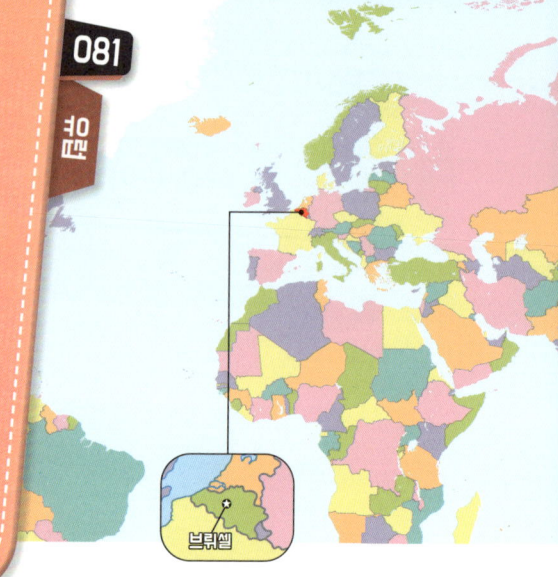

여기가 바로 유럽의 수도 브뤼셀이야!

유럽의 수도라니! 여긴 벨기에의 수도라고.

후후, 이곳엔 유럽 연합인 EU의 주요 기관들이 모여 있어서 '유럽의 수도'라고도 불리거든.

아하! 그런 의미였구나.

앗! 저길 좀 봐! 저 캐릭터 본 적 있어!

오오! 저건 스머프 동상이잖아!

맞아, 스머프!

# 불가리아
## Bulgaria

- 수도 소피아
- 면적 1,110만ha
- 인구 668만 7,717명
- 언어 불가리아어
- 화폐 불가리아 레프

082
유럽

*소피아

여기가 불가리아의 흑해 연안이구나!

흑해? 흑해는 처음 들어보는데?

흑해

흑해는 내해야! 육지로 둘러싸여 있지. 육지 사이의 좁은 통로(해협)를 통해 큰 바다로 이어지게 되지.

헉! 흑해면 바닷물이 검은색인 거야?

당연히 그렇진 않지. 저길 보라고!

이름이 왜 흑해로 불리는진 추측만 있을 뿐 정확한 이유는 몰라.

그렇구나.

# 스웨덴
**Sweden**

- **수도** 스톡홀름
- **면적** 5,288만 6,072ha
- **인구** 1,061만 2,086명
- **언어** 스웨덴어
- **화폐** 스웨덴 크로나

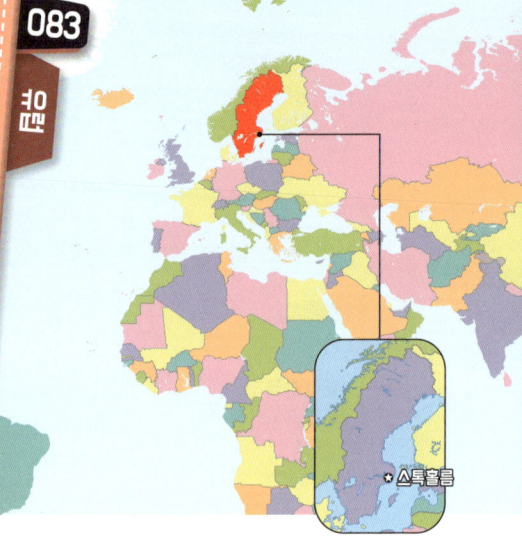

★ 스톡홀름

- 흐아암~, 너무 졸려.
- 흐아암~, 나도. 모네야, 지금 몇 시야?
- 흐아암~, 밤 11시야.
- 뭐라고! 말도 안 돼! 아직도 이렇게 밝은데, 밤 11시라니!
- 이게 백야 현상이군!

- 백야 현상은 해가 지지 않아 밤에 어두워지지 않는 현상을 말하는 거야.
- 스웨덴 지역 중 북극권에 속하는 지역은 여름에 한 달 정도 백야 현상이 나타난다고.

- 여기 키루나도 스웨덴의 북극권에 속하는 최북단 도시라 해가 지지 않는 거야.
- 밤에도 해가 지지 않는 곳이 있다니 신기한 경험이야.

# 스위스
## Switzerland

- 수도 베른
- 면적 412만 9,070ha
- 인구 879만 6,669명
- 언어 독일어, 프랑스어, 이탈리아어, 로망슈어
- 화폐 스위스 프랑

084

베른

찹이는 아까부터 뭘 하는 거야?

나도 모르겠어.

요로레이디~~. 하니호레이요~~.

흔들 흔들

얘들아! 여긴 스위스의 알프스산맥이잖아.

이곳에서 꼭 요들송을 불러 보고 싶었다고.

요들송은 멀리 떨어진 알프스의 목동들이 서로 신호를 주고받기 위해 불렀던 거잖아.

맞아. 스위스는 동서로 뻗은 알프스산맥을 포함해 국토 대부분이 산지로 되어 있어.

# 스페인
## Spain

- 수도 마드리드
- 면적 5,059만 6,459ha
- 인구 4,751만 9,628명
- 언어 스페인어
- 화폐 유로

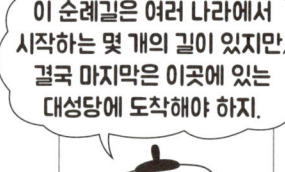
크윽! 너무 힘들어!

견뎌야 해!

꼭 산티아고 데 콤포스텔라에 가야 하는 거야?

당연하지. 이 길은 산티아고 순례길이라고!

이 순례길은 여러 나라에서 시작하는 몇 개의 길이 있지만, 결국 마지막은 이곳에 있는 대성당에 도착해야 하지.

다른 나라에서부터? 도대체 거리가 얼마나 돼?

평균적으로 800km가 넘어.

크! 정말 어마어마한 거리군.

# 슬로바키아
## Slovakia

- **수도** 브라티슬라바
- **면적** 490만 3,000ha
- **인구** 579만 5,199명
- **언어** 슬로바키아어
- **화폐** 유로

086

브라티슬라바

우아~, 정말 유럽 중심에 있네.

맞아. 슬로바키아는 유럽 중부에 있는 내륙국이야.

대부분이 산악 지형으로 이뤄져 있지.

그중 슬로바키아와 폴란드의 국경에 있는 타트라산맥은 많은 등산객이 찾고 있어.

슬로바키아 역시 다른 유럽 국가들처럼 멋진 자연환경을 가졌구나.

맞아. 그리고 우리가 가려는 바로 저곳!

# 슬로베니아
## Slovenia

- **수도** 류블랴나
- **면적** 204만 8,000ha
- **인구** 211만 9,675명
- **언어** 슬로베니아어
- **화폐** 유로

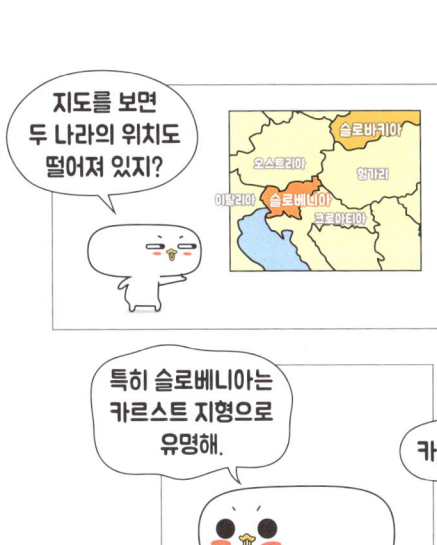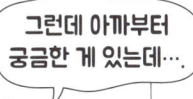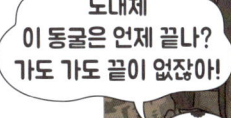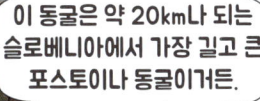

# 아이슬란드
Iceland

- 수도 레이캬비크
- 면적 1,030만ha
- 인구 37만 5,318명
- 언어 아이슬란드어
- 화폐 아이슬란드 크로나

레이캬비크

펑 / 펑 / 펑

물이 뿜어져 나왔어!

우오오오오!

저게 바로 아이슬란드의 간헐천이야!

일정한 간격을 두고 뜨거운 물이나 수증기가 분출하는 온천이지.

아~, 저것도 온천이구나!

맞아. 그러니 조심해! 아주 뜨겁다고.

한 곳이 아니야! 여러 곳에 간헐천이 있어!!

두리번 두리번

아이슬란드는 북유럽의 섬나라로 130여 개나 되는 화산을 가지고 있어.

# 아일랜드
## Ireland

- 수도 더블린
- 면적 702만 8,000ha
- 인구 505만 6,935명
- 언어 아일랜드어, 영어
- 화폐 유로

089

엄청난 절벽이야!

덜덜

이게 바로 아일랜드의 자랑! 모허 절벽이야!

이 절벽의 최대 높이는 214m야.

그렇게나 높다고?

응. 엄청난 높이와 아름다운 풍경, 그리고 다양한 동식물들 때문에 아일랜드에서 가장 인기 있는 관광지지!

맞아! 그래서 많은 영화의 촬영지가 되었잖아!

# 영국
## United Kingdom

- 수도 런던
- 면적 2,436만 1,000ha
- 인구 6,773만 6,802명
- 언어 영어
- 화폐 영국 파운드

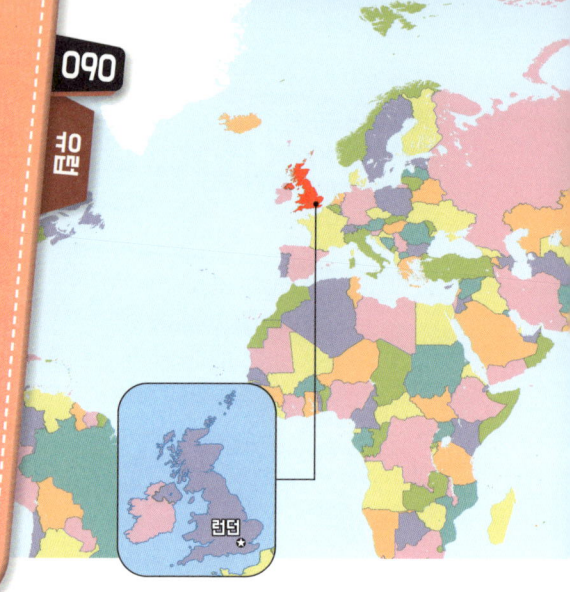

드디어 도착했어!

영국 런던을 상징하는 대표적인 건축물!

타워 브리지야!

1894년에 개통된 다리인데, 그 옛날 저렇게 아름답고 과학적인 다리를 만들었다니 믿기질 않아.

맞아! 저 다리는 큰 배가 지날 때면 두 타워 사이의 다리를 올려서 지날 수 있게 하는 도개교야.

다리의 길이도 260m가 넘는다고.

# 오스트리아
## Austria

- **수도** 빈
- **면적** 838만 7,900ha
- **인구** 895만 8,960명
- **언어** 독일어
- **화폐** 유로

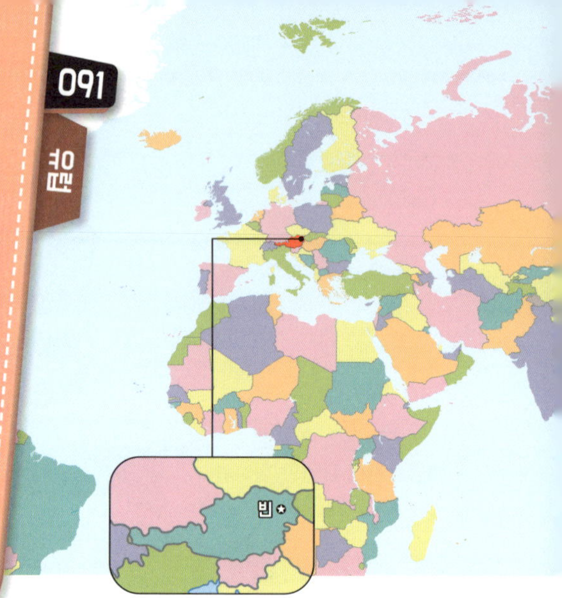

091

얘들아, 여기서 꼭 사진을 찍어야 해!

엥? 여기서?

남의 집 문 앞에서? 왜?

맞아. 주인이라도 나오면 어쩌려고!

여기가 어딘지 모르는 거야? 건물에 적힌 이름을 봐.

앗! 저 이름은!

Mozarts G

맞아. 여기가 바로 모차르트가 태어난 곳이야.

모차르트잖아!

많은 사람이 모차르트의 숨결을 느끼기 위해 이곳을 찾지.

# 우크라이나
## Ukraine

- **수도** 키이우(키예프)
- **면적** 6,035만 5,000ha
- **인구** 3,674만 4,634명
- **언어** 우크라이나어
- **화폐** 우크라이나 흐리우냐

# 이탈리아
**Italy**

- **수도** 로마
- **면적** 3,020만 6,800ha
- **인구** 5,887만 762명
- **언어** 이탈리아어
- **화폐** 유로

# 체코
## Czech Republic

- **수도** 프라하
- **면적** 788만 7,104ha
- **인구** 1,049만 5,295명
- **언어** 체코어
- **화폐** 체코 코루나

094

"여기가 체코의 수도 프라하야."

"앗! 여기가 '프라하의 봄'이라 불리는 민주화 운동 중심지구나!"

"맞아. 체코는 중앙 유럽 중에서도 중앙에 위치한 지리적으로 아주 중요한 나라야."

"그래서인지 프라하는 유럽의 다양한 건축 양식이 모두 모인 것 같아."

"특히 체코의 프라하는 유럽 각국과 연결된 유럽 철도의 중심지이기도 하지."

"맞아. 고딕, 로코코, 르네상스, 바로크, 네오르네상스 건축 등. 중세 유럽을 실컷 느낄 수 있지."

# 크로아티아
## Croatia

- 수도 자그레브
- 면적 880만 7,000ha
- 인구 400만 8,617명
- 언어 크로아티아어
- 화폐 유로

하하~, 크로아티아 지도는 신기하게 생겼네.

꼭 초승달을 닮은 것 같지?

실제로 크로아티아에는 초승달처럼 곳곳에 아름다운 자연이 숨겨져 있어.

그중에서도 여기 플리트비체 호수는 크로아티아의 국립 공원 중 가장 아름다운 곳이야.

비밀의 요정이 사는 신비한 호수지.

플리트비체? 이름까지 아름답잖아!

# 포르투갈
## Portugal

- 수도 리스본
- 면적 922만 3,000ha
- 인구 1,024만 7,605명
- 언어 포르투갈어
- 화폐 유로

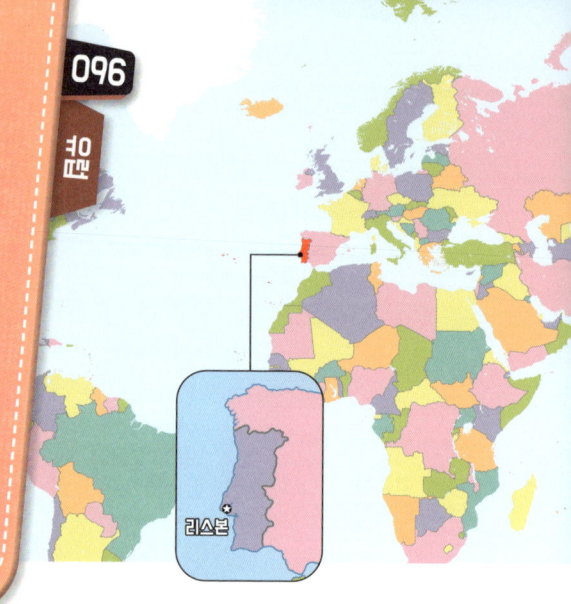

휴~, 포르투갈은 정말 멀구나.

맞아. 유럽에서도 서쪽 끝에 있어서 우리나라와 더 멀리 떨어져 있어.

그러니 더 오래 걸릴 수밖에.

포르투갈은 한때 엄청난 번영을 누렸어.

대항해 시대에 브라질까지 전 세계에 걸쳐 식민지를 건설하며 엄청난 제국을 이뤘었지.

하지만 19세기 후반부터 급격히 힘을 잃으며 번영도 끝이 났지.

그래도 아직 해양 왕국의 화려한 흔적이 곳곳에 남아 있잖아.

맞아. 그 중심에는 포르투갈의 수도이자 항구도시인 리스본이 있지.

# 폴란드
## Poland

- 수도 바르샤바
- 면적 3,127만 1,000ha
- 인구 4,102만 6,067명
- 언어 폴란드어
- 화폐 폴란드 즈워티

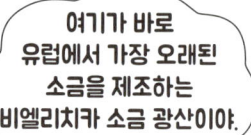

# 프랑스
## France

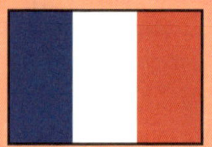

- 수도 파리
- 면적 5,490만 8,687ha
- 인구 6,475만 6,584명
- 언어 프랑스어
- 화폐 유로

098

여기가 1789년, 불평등한 사회 체제에 반발하며 시민들이 혁명을 일으킨 프랑스야.

프랑스 혁명을 말하는구나. 시민 혁명 중 가장 뜻깊고, 대표적인 혁명이잖아.

얘들아, 저길 좀 봐. 프랑스 파리의 상징!

에펠탑이야!!

# 핀란드
## Finland

- 수도 헬싱키
- 면적 3,384만 7,000ha
- 인구 554만 5,475명
- 언어 핀란드어, 스웨덴어
- 화폐 유로

# 헝가리
## Hungary

- 수도 부다페스트
- 면적 930만 3,000ha
- 인구 1,015만 6,239명
- 언어 헝가리어
- 화폐 헝가리 포린트

100
유럽

부다페스트

---

여기가 헝가리의 수도 부다페스트야.

그럼 저 강은 유럽에서 두 번째로 긴 다뉴브강이구나!

헝가리는 중앙유럽에 있는 내륙국이야.

맞아. 유럽 여러 나라를 거쳐서 흑해로 흐르지. 유럽의 주요 교통로로 이용되고 있어.

그럼 바다가 없겠구나.

하지만 다뉴브강의 아름다운 야경을 보면 바다가 없어도 아쉽지 않을 거야.

또, 국회의사당, 어부의 요새, 부다 왕궁 등 수많은 세계문화유산도 부다페스트에 모여 있어.

**2판 7쇄** 2025년 8월 1일
**초판 1쇄** 2024년 1월 5일

글·그림 한날

**펴낸이** 정태선
**펴낸곳** 파란정원
**출판등록** 제395-2010-000070호
**주소** 서울특별시 은평구 가좌로 175, 5층
**전화** 02-6925-1628 | **팩스** 02-723-1629
**제조국** 대한민국 | **사용연령** 8세 이상 어린이
**홈페이지** www.bluegarden.kr | **전자우편** eatingbooks@naver.com
**종이** 다올페이퍼 | **인쇄** 조일문화인쇄사 | **제본** 경문제책사

글·그림ⓒ2024 한날
**ISBN** 979-11-5868-279-8 73900

이 책은 저작권법에 따라 보호받는 저작물이므로 무단 전재와 무단 복제를 금지하며,
이 책 내용의 전부 또는 일부를 이용하려면 반드시 저작권자와 파란정원(자매사 책먹는아이·새를기다리는숲)의 동의를 얻어야 합니다.
*잘못된 책은 구입하신 서점에서 바꿔 드립니다.